« Cose e d'Altre »

SUR L'ITALIE

Vendu au profit des Écoles Libres

Prix : 90 centimes

RODEZ

IMPRIMERIE-LIBRAIRIE E. CARRÈRE

M. DCCC XCII

« Cose e d'Altre »

SUR L'ITALIE[1]

——— ❦ ———

RANÇOIS COPPÉE dit quelque part dans *Toute une jeunesse* : Amédée Violette en visitant l'Italie avait le sentiment du « déjà vu ». D'après le charmant écrivain, les gravures, les descriptions, les barcarolles la font connaître sans qu'on y ait mis les pieds, et il ajoute fort spirituellement qu'un vieil abat-jour représentant St-Pierre de Rome, ses fontaines et sa colonnade illuminée à coups d'épingle lui revenait sans cesse à la mémoire quand il se trouva en face de la splendide réalité.

N'en déplaise au poète, si ses rêves ont le charme et la puissance d'une vision et devancent l'instant où il contemple, il n'en est pas de même pour le commun des mortels. Quelque vague idée, quelque image indécise et flottante berçant leurs heures d'oisiveté sont loin de les préparer aux émerveillements et aux surprises qui les attendent.

A peine le voyageur a-t-il franchi les faubourgs de Marseille et sa banlieue qu'il voit s'accentuer graduellement la beauté du paysage. Les tons du ciel se foncent et se colorent de plus en plus, la flore de-

---

(1) *Choses et autres* sur l'Italie.

vient plus vigoureuse ; les troncs noirs des arbres, le fouillis des aloès et des eucalyptus annoncent l'Italie. Et, cependant c'est le soir d'un jour de pluie que je prends ces premières notes. A l'horizon nébuleux les nuages et les montagnes se confondaient, une vapeur grise et tiède enveloppait le fond du paysage. Mais au premier plan quels décors, quelle féerie ! L'onde était si bleue « la lumière si pure » que nous revenaient à l'esprit les vers charmants de Lamartine dans son poème de l'Automne.

Mais nous sommes au printemps, bien au printemps, à « l'avrillée, » comme on disait jadis. L'or du soleil italien commence à filtrer à travers les branches noueuses et robustes des arbres et leur lourd feuillage. Voici la corniche, les rochers géants qui surplombent au-dessus des flots et de la plage, l'enchevêtrement des fleurs et des taillis allant des flancs de la montagne au saphir limpide de la Méditerrannée. Oui, elle est bleue, toujours bleue, malgré le ciel pâle et lavé de pluie. Son azur semble emprunté à des abîmes inconnus et demeurer le même sous les reflets les plus changeants.

Le promontoire de Monaco, Menton, Monte-Carlo, régions où l'air est immobile et doux aux malades comme le souffle d'une mère qui craint d'éveiller son enfant. Nous passons vite, emportés par la locomotive. Peu de promeneurs, peu de mouvement sur ces plages, tout y est beau, calme et silencieux à se croire dans le séjour des déesses et des sirènes de la fable.

Voici d'ailleurs le domaine de celle qui attire et fixe l'imprudent qui l'a écoutée. Des jardins enchanteurs sont sa parure, des orchestres choisis et sans rivaux , sa voix fascinatrice , la roulette capricieuse et folle, le regard trompeur et ardent qu'elle adresse au passant . Que de dépouillés de la fortune, que de suicidés, ses victimes, se sont endormis sous ces flots bleus !

Retournons à la poésie, aux fleurs sans poison, le train marche toujours et le paysage ne cesse de resplendir. Ainsi jusqu'à Vintimille où la réalité déplaisante de la « Dougana » nous oblige avec sa mine grincheuse à produire nos trousseaux de clés et à changer en confusion irréparable la symétrie de nos colis. « *Cose e d'altre* » en vérité !

La frontière est franchie. Des visages souriants se présentent de temps à autre aux portières du wagon pour nous offrir des renseignements dont le salaire nous sera aussi gracieusement réclamé. Heureux de vivre, l'Italien est nonchalant, mais de bonne humeur par nature. Le contentement qui se communique comme ses contraires prédispose à leur accorder très volontiers la « bonne main » demandée.

Nous sommes en pleine péninsule, nous fuyons la France et, sauf San-Remo, la beauté du paysage cesse de grandir. Jusqu'à Naples, il est flatteur pour nous de le reconnaître, nous avons avec le prince de Monaco le meilleur morceau de ce festin des yeux et de l'esprit.

Et cependant Gênes la superbe est là, ses remparts de hautes montagnes couronnées de forteresses, la nappe limpide de son vaste port, sa large vallée s'ouvrant comme un vestibule pour accueillir noblement le voyageur et lui souhaiter une glorieuse bienvenue. Ce sont des grands airs qu'elle est bien en droit de se donner, cette reine des flots tenant de son fils Christophe Colomb le sceptre et la couronne de l'Atlantique que tant d'autres contrées séparent de ses rives.

. La vue d'horizons si grandioses fit sans doute éclore chez le précoce songeur la prévision d'un monde ignoré qu'il devait découvrir.

Nous entrons dans la rue des palais, quittant le train qui fuit sans nous vers Rome et entreprenant nous-mêmes une nouvelle course vertigineuse, celle de voyageurs avides de voir et dont les instants sont courts. L'admiration nous emportait à travers les premières merveilles de l'Italie, les surprises nous tenant toujours en haleine ou plutôt s'accroissant à chaque pas.

La rue des palais est étroite, je me l'étais figurée au contraire large et voisine de la mer, tandis qu'on n'y arrive qu'après avoir traversé la place où se trouve le monument élevé au célèbre navigateur. Toutefois son aspect exotique nous a charmés immédiatement. Les ruelles qui séparent ces demeures seigneuriales sont peu propres, et leurs fenêtres servent de séchoirs à autant de nippes et de hardes aux teintes bigarrées que l'imagination en peut concevoir. Mais le contraste n'en est que plus étrange avec les porches à colonnes de marbre et à perspectives d'arbres et de fontaines entrevues dans les cours in_térieures.

Nous choisissons pour notre visite celui du palais de Brignole, dit « Palazz) Rosso. » La duchesse de Gallièra, descendante de cette illustre maison, étant presque Française, notre préférence s'explique.

Les de Brignole ont été les bienfaiteurs de leur pays. De vieilles annales disent qu'ayant fait construire un hôpital, un d'eux voulut savoir si l'on y était bien traité et s'y présenta sous les haillons d'un indigent pour s'y faire recevoir.

Parmi les joyaux de l'art italien que contient la galerie de cette demeure princière, nous trouvons le portrait de la duchesse peint par un maître de l'Ecole Française, Léon Coigniet. C'est une satisfaction pour notre amour-propre national. Nous avançons regardant tantôt à nos pieds les beaux marbres sur lesquels ils ne se posent qu'avec hésitation, puis sur les murailles où tant de grands sujets de méditations religieuses nous fixent et nous charment. Je recommande à tous les voyageurs à Gênes, les Guido Reni, qui y sont nombreux et très remarquables. A citer encore deux toiles qui transporteraient les plus insouciants de l'art du dessin et de la couleur : le Christ au jardin des Oliviers, par Carlo Dolce, et l' « Ecce Homo » de Michel Ange. Cette dernière peinture est la plus éloquente d'expression qu'on puisse rêver. Rien ne saurait décrire ce regard humide de larmes du Sauveur, cette narine gonflée par la douleur, cette suprême résignation où toute la douleur d'un enfant semble s'unir à la volonté inflexible du héros qui souffre et va mourir. Un esprit céleste dut guider le pinceau du peintre quand il donna cette expression au visage de Celui que nous adorons.

Ces yeux-là me suivent toujours !

De là, visite à quelques églises. La première, celle de l'Annonciation, a deux lions accroupis sur ses marches. Elle est toute en marqueterie de marbre blanc et noir alterné en jeu de domino telle qu'on décrit la cathédrale de Florence. La nouveauté de son aspect m'a assez surprise pour que son souvenir demeure distinct pour moi au milieu de la confusion que les peintures innombrables, les plafonds à dômes, les incrustations de mille teintes ont laissé dans mon esprit, relativement aux églises italiennes.

C'est ici que se trouve la châsse contenant le chef de S. Jean-Baptiste. Mais lorsque dans notre vénération pour cette relique nous avons voulu nous en approcher, le sacristain s'est précipité sur nos pas en nous enjoignant de nous tenir à distance. Pourquoi cela ? A cause d'Hérodiade. Son crime détestable exclut les femmes de cette chapelle, elles doivent prier dehors.

Malgré notre soumission, le brave homme veille sur tous nos mouvements, à peine osons-nous changer de place ou tourner la tête. Ma fille se mouche, il accourt ; je retourne ma chaise, il s'émeut, et ainsi jusqu'à ce que nous ayons quitté l'église.

Et maintenant j'ai à redire les splendeurs du Campo-Santo. Je ne connais que celui-là en Italie, mais je ne sais comment il pourrait être surpassé. Nécropole de marbre, cité des morts enclavée entre les versants fertiles des Apennins, livre d'or des pensées religieuses dont les tombes sont gardiennes et dépositaires.

Comment décrire ces régions où la vivacité de la Foi a effacé l'empreinte de la mélancolie ? Que ce peuple est grand dans ses croyances ! Jamais le souffle de l'immortalité ne m'a pénétrée et enlevée de terre comme ici. La mort y règne couronnée de fleurs et ne vous arrache ni larmes ni tristesse. Et dire que ces Génois sont pour la plupart de riches négociants, des gens de gain et de trafic, eux qui ont fait élever ces splendides monuments ! Seule merveille de l'Italie actuelle qui ne trouve pas sa rivale dans l'antiquité.

Les poèmes du marbre de ce Campo-Santo doivent être entièrement confiés dans leur composition au sculpteur qui les exécute. Un exercice habituel de la pensée dans le même sens, la vivacité du sentiment religieux s'alliant à une savante ciselure peuvent seuls produire ces chefs-d'œuvre de l'inspiration et du rêve.

Là, de grandeur naturelle ou plutôt au-dessus, comme si la mort et la douleur avaient élevé et ennobli sa stature, un père étendu sur sa couche funèbre, les draps, l'oreiller où il s'est endormi du dernier sommeil ont le moelleux, la flexibilité de tissus de chanvre et de lin, on serait tenté de les prendre entre ses mains pour réparer le désordre des derniers instants ; à ses pieds, sa fille éplorée (notez que c'est un portrait, une ressemblance parfaite de l'un et de l'autre) est à genoux, sa pose abandonnée exprime l'excès de sa douleur. Entre eux, Jésus, debout, les bras largement étendus avec un geste de commandement et d'amour semble dire au mort et à la vivante : « Vous êtes tous deux à moi, tous deux mes enfants ! » Auprès d'eux une immense couronne, la lumière transparaît à travers ses fleurs de marbre et d'une neigeuse blancheur.

Ici, c'est une jeune fille qui se redresse et s'asseoit en joignant les mains et élevant vers le ciel son regard ravi. Un ange s'approche d'elle, il vient la prendre, c'est fini, la mort est vaincue ! Quelles images, quelle pensée puissante pour sécher les larmes de ceux qui reviendront prier auprès des restes éternellement chéris et regrettés !

Plus loin, une nacelle toujours dans les mêmes proportions saisissantes et grandioses est ramenée du port par l'ange gardien qui replie la voile. L'embarcation merveilleuse et diaphane semble avoir touché aux plages éternelles, les ailes de celui qui l'a conduite frémissent de leur course éthérée. « Heureux celui qui possède ce nautonnier, fidèle » est l'inscription placée au-dessous dans la plus harmonieuse des langues.

J'ai remarqué beaucoup de monuments où une porte à deux battants est entr'ouverte et gardée par l'ange de la mort. Contre elle se débat impuissante la douleur d'un de ceux qui cherchent à ressaisir l'être disparu. C'est une réminiscence de l'antiquité, et cette idée est souvent reproduite sur les pierres tumulaires, les bas-reliefs rongés par le temps et conservés parmi les ruines les plus anciennes des galeries basses du Vatican.

Les tombes des enfants sont si riantes qu'il semble qu'on va les apercevoir jouant et folâtrant autour. L'église n'entonne-t-elle pas à leurs funérailles des chants joyeux et la pensée religieuse ne domine-t-elle pas toujours la note douloureuse. Une petite fille de 5 à 6 ans, dansant sur des fleurs sans les faire courber et en les répandant à pleines mains autour d'elle, nous a particulièrement touchée.

Çà et là des lampes d'un travail artistique et gracieux jettent une lueur mystique que la clarté adoucie du jour sous ces paisibles arceaux n'éteint pas en se mêlant à elle.

La critique amère et chercheuse (elle est ici aussi malaisée que l'art) prétend que le goût manque dans les costumes et les poses de ces personnages. On ne peut nier que si le fouillis de la dentelle, son réseau si finement reproduit étonneraient une ouvrière de Malines, il y a des volants passés de mode, frisures recherchées dans la toilette des femmes, des chapeaux sous le bras des hommes qui provoquent un sourire. Mais l'idée première est si grande et si noblement exprimée, le travail si exquis que ces détails sont insignifiants ou plutôt viennent ajouter par une manière de réalisme au saisissement que l'on y éprouve vis-à-vis de ces groupes vivants et d'une telle puissance d'expression.

Enfin, nous prenons définitivement ce train de Rome que j'avais toujours vu partir avec regret à chacune de nos étapes. Le sentiment que j'entrerai bientôt dans cette grande cité de tous mes rêves m'enlève de telle façon le poids des années longues et tristes que je m'endors pour toute la nuit avec le calme que donne la certitude d'un agréable réveil.

Dès la première heure du jour, j'ai vu se déployer devant moi les campagnes ou plutôt les landes romaines aux herbes longues et touffues. Un soleil clair et pénétrant comme une lame d'or vient traverser les vitres du wagon et me réveiller toute éblouie. Je chasse sans regret un reste de sommeil. Toutes les roses de l'Aurore du Guide secouées autour de moi aussi fraîches que son pinceau les fait briller au palais Rospigliossi ne m'eussent pas plus charmée que la vue de ces marécages tant dé criés. Et cependant rien qui coupe la monotonie de ces plaines de la mal'aria sauf les vaches du pays, dont les cornes blanches sont d'une longueur extraordinaire. Couchées paresseusement dans ce désert verdoyant, à demi-cachées par les hautes

2

herbes, elles paraissent moins redoutables d'humeur que de párure.

Onze heures et le train entre dans Rome, station des Thermes. A l'extérieur beaucoup de colonnes sur la place de l'arrivée, les réminiscences de l'antiquité commencent.

Sur le parcours de la gare à l'hôtel, nous admirons des fontaines aussi nombreuses que charmantes. Au coin de chaque rue, au moindre carrefour elles jettent les perles et les diamants de leurs eaux limpides. Partout des tritons ouvrent leurs larges gueules ou des naïades renversent leurs amphores. Rien n'égaie, ne rafraîchit plus agréablement une grande cité ; les Romains d'autrefois le savaient bien, car la plupart sont des œuvres antiques.

Après quelques heures de repos dans une chambre d'hôtel fort simple d'ailleurs, sans luxe embarrassant de rideaux et de draperies, mais au plafond de laquelle voltigent papillons, amours, fleurs effeuillées et emportées par les zéphirs (la peinture semble ici une des premières nécessités de l'existence), nous allons au Pincio.

Un chemin circulaire et en terrasse, montant et parfumé, fleuri de plantes grimpantes où s'entremêlent des bustes d'empereur romains, et d'autres illustres personnages, conduit à ce merveilleux jardin suspendu. C'est le rendez-vous de la société aristocratique, des équipages, des oisifs et des bonnes d'enfants. L'incomparable coup d'œil de la ville de Rome se dessinant tout entière par de là la place del Popolo, nous est offert.

Voilà St-Pierre, sa gigantesque coupole, soufflée dans les airs comme avait promis Michel Ange. *Mi-*

chel piu che umano angiol divino, dit l'Arioste, *Michel plus qu'humain, ange divin.*

Que de clarté, que de lumière se répandant à larges flots sur cette vaste étendue, de palais, de dômes et d'obélisques ! Ruines d'une hauteur fantastique, édifices modernes, villas et jardins, tout resplendit comme sous un miroir ardent.

A gauche, les ombrages épais et d'un noir bleuâtre de la Villa Médicis, l'Académie Française des beaux-arts, datant du règne de Louis XIV et où nous respirons un peu l'air du pays. Napoléon Ier l'a beaucoup protégée également. Grâce à ces deux souverains, notre Ecole Française si glorieuse aujourd'hui a trouvé là de premières et puissantes inspirations, c'est par eux que les fils des Gaulois ont si largement fraternisé par le pinceau avec les Dominiquin, les Carlo Dolce et les Raphaël.

Comme des ambitieux avides d'élévation et que rien ne peut satisfaire, nous voulons monter plus haut encore et nous atteignons au belvédère de la villa. De là, l'horizon s'étend au-delà des limites extrêmes de la grande cité et embrasse les campagnes environnantes.

Heureux pensionnaires de la villa, que les murmures de la Muse doivent arriver doucement à l'oreille de ces privilégiés ! Quels jeux de lumières, quelles couleurs pour les palettes, quels souvenirs de paysage à thésauriser pour la clôture de l'atelier, les méditations et les œuvres de l'avenir.

Nous redescendons à l'hôtel. Quelque saturé que l'on soit d'art et de poésie, il faut revenir au côté matériel de l'existence. On y est fortement appelé par un vis-à-vis d'Anglais comme celui dont nous semmes favorisés, famille impassible et respectable et tout entière à l'observation de chacune de ses bouchées. A la vue de ces couteaux et de ces fourchettes agités avec l'importance et la précision d'un maître d'armes maniant ses fleurets, ma fille réprime une forte envie de rire.

On soupire de temps à autre des « Oh ! yes » monotones et mélancoliques comme les physionomies dont l'immobilité ne peut être comparée qu'à celles du Musée Grévin. Des oranges sanguines apportées au dessert sont déchiquetées par les solennelles fourchettes de façon à prendre l'apparence de la viande crue. C'est à dégoûter à tout jamais de ce fruit charmant.

Un peu plus loin, des « Ya, ya. » Très affirmatifs aussi et un peu plus causeurs, ces Allemands, malgré les considérables exigences de l'estomac germanique, mais silencieux vis-à-vis de leurs plats.

Chateaubriand dit dans ses mémoires que les ladies de ses bals d'ambassadeurs à Londres étaient « pensivement dansantes. » Ici on pouvait dire pensivement mangeantes. — En résumé, à cette table d'hôte, point d'Italiens, gens peu affairés et auxquels leurs palazzi et villas suffisent, et peu de Français. Nous voyageons vite et regagnons vite, après un juste tribut d'admiration aux contrées les plus séduisantes, nos chers foyers. Les Anglais et les Allemands s'éternisent plus volontiers à ceux d'autrui sans même que ce soit en vainqueurs.

Allons-nous à St-Pierre ou réservons-nous notre visite au plus célèbre des monuments pour la bonne bouche ? Notre appétit de voyageurs l'emporte sur ce petit calcul, nous voulons mordre dès la première

heure au fruit si désiré. Les voitures de louage mar-
chent vite et bien à Rome. Les cochers n'ont pas
l'humeur bourrue des nôtres, et ceci ajoute singu-
lièrement aux agréments de la promenade. Ciceroni
improvisés, ils s'arrêtent devant chaque monument
pour nous en donner l'explication et reprennent
leur course rapide.

J'aperçois quatre hautes colonnes sombres et majestueuses couronnées de statues, voilà l'entrée de
quelque belle église, dirait-on ? C'est le commence-
ment de la colonnade qui entoure une des plus
grandes places du monde. Un peuple de granit sur
le fond bleu du ciel se détache au desus de cette
splendide galerie.

C'est la cour du Seigneur Jésus, qui, du sommet
de l'Eglise entouré de ses douze apôtres, bénit le
monde en étendant son bras droit, tandis que sa
main gauche soutient la croix !

On ne saurait rien imaginer de plus impression-
nant au point de vue religieux. La même idée est
repro duite au sommet de St-Jean-de-Latran dans
de moindres proportions. Elle dissipe tout ce qu'il
peut y avoir de froid et de peu expressif dans
l'architecture de ces temples Italiens. Du reste, à
Rome, on retrouve à chaque pas ce triomphe
du Catholicisme, sur les restes et les souvenirs
du passé conservés, mais épurés et sanctifiés.
Rien de vraiment beau de forme et de travail
n'a été détruit. Quelles sont les dynasties nationales
les plus orgueilleuses qui aient conservé les reliques
des siècles passés comme cette lignée de quatre cents
papes tous de races, de familles et de patries diver-
ses ? C'est la conquête absolue et pacifiq ue se retrou

vant à chaque instant ; sur l'ancienne colonne An-
tomine, St-Pierre ; sur un obélisque, la Ste-Vierge ;
au Panthéon élevé par Agrippa, un autel à
Notre-Dame sur la tombe de Raphaël, le roi des
peintres.

Enfin, au Colysée, la ruine gigantesque soutenue
par une muraille de même proportion construite
par Pie IX, et dans une de ces galeries déser-
tes la petite chapelle préférée de l'extatique Benoit
Labre.

Nous entrons par une des cinq portes de bronze
de la grande façade qui, on doit le reconnaître, quel-
bue admirables que soient ses proportions, ressem-
ble plus avec ses colonnes et ses balcons à un palais
qu'à la cathédrale du monde chrétien. Mais un incomparable portique, d'une longueur de 150 mètres
se déroule devant nous. Cette entrée, ce vestibule,
c'est déjà une magnifique église ou plutôt deux
longues nefs se réunissant. A chaque extrémité, les
empereurs d'Orient et d'Occident, Constantin et
Charlemagne, perdus dans un lointain de marbre et
de colonnes. Ce sont eux qui successivement ont
donné à l'Eglise la ville des anciens Césars. Une de
ces gloires est donc nôtre et notre orgueil national
se réveille à ce souvenir.

Enfin nous gagnons l'intérieur de la basilique. La
majesté de ces routes d'or et de marbre, l'impression de paix et de grandeur descendant de ces immenses piliers où partout, sur un fond de porphyre
se détache dans sa blancheur d'albâtre la colombe à
la branche d'olivier, ne sauraient se rendre. Ce n'est
qu'après un premier sentiment d'étonnement et d'hé-
sitations vis-à-vis de cette étrange splendeur qu'on

se hasarde à avancer. A droite et à gauche, les célèbres bénitiers où des chérubins de marbre blanc
poli et de taille extra-humaine soutiennent des co-
quilles larges et profondes, et si haut placées qu'on
dirait que l'eau bénite doit y venir tout droit du
ciel : La première chapelle que nous admirâmes est
celle de la « Pieta », la première œuvre de Michel-
Ange, celle de ses vingt ans. Il cisela son rêve ou
plutôt sa prière dans le marbre. La douleur de la
Vierge, le corps inanimé de Notre-Seigneur semblent le souvenir d'une extase.

A quelques pas de l'autel, une colonne du temple
de Jérusalem où le sculpteur antique fit courir des
fleurs et des pampres. On dit que le Sauveur s'y ap-
· puya en prêchant, et la précieuse relique est bardée
de fer.

A droite, en se dirigeant vers la Confession, le
gigantesque monument de sainte Thérèse. Vis-à-vis
de la sainte Espagnole, un fondateur d'ordre français, un peu plus loin saint Philippe de Néri. La
nationalité ici, c'est la sainteté et nous sommes
dans le Panthéon des citoyens célestes sans distinction de leurs patries et lieux de naissance ici-bas.

Le tombeau de leurs deux princes: Pierre et Paul ;
la Confession, ses lampes à la lueur discrète et
dorée, ses colonnes torses, sa coupole où le regard
se perd et les peintures merveilleuses et lointaines
semblent une vision dans le ciel entr'ouvert. Aux
extrémités et tout le long de la croix latine, des au-
tels en mosaïque où des arabesques, des fleurs, lys,
roses, couronnes impériales, sont reproduites avec la
fraîcheur et la délicatesse d'une broderie de châte-
laine d'antan.

Aù dessus, d'étonnantes proportions et bien plus parfaites encore, d'autres mosaïques copies des principaux chefs-d'œuvre de Raphaël exposés au Vatican. La Communion de St-Jérôme, la Transfiguration sont les plus frappants.

Nous quittons St-Pierre aussi charmés que nous le sommes restés jusqu'au dernier jour de notre séjour à Rome. Ce temple est sans rival. La perfection du dessin, la pureté du goût, l'harmonie des vastes proportions, la sobriété des teintes, tout concourt à assurer sa supériorité sur tous les autres, même en Italie,

De là, visite à Ste-Marie-Majeure, œuvre des palettes en fête et où la profusion de coloris découragerait tout pinceau cisalpin. Mais se plaint-on jamais que le ciel soit trop bleu, les roses trop vermeilles, le soleil trop prodigue de ses rayons ? C'est cette humeur chagrine qu'il faudrait pour critiquer Sainte-Marie-Majeure, ses anges aux ailes d'or. ses décorations à faire pâlir les plus brillants écrins.

A droite, on entre dans la chapelle de la Ste-Vierge. Là surabondent l'agate, le jaspe oriental et le lapis. C'est de ce bleu qu'est fait le ciel du tableau de St-Luc.

Le miracle de la neige au mois d'août, après lequel fut construit cette merveilleuse chapelle, est représentée sur un bas-relief. A chaque année, à la même date, on fait pleuvoir des fleurs blanches du sommet de la coupole. Voilà la poésie des vœux italiens, l'amabilité de la dévotion de ceux qui les prononcent.

A Saint-Jean-de-Latran, mêmes éblouisse-

ments, même diversité de marbres étincelants.
J'avoue toutefois que la note du bon goût m'a paru
un peu dépassée. Ce plafond plat, trop doré, aux
grands personnages en relief sur des caissons fond
pourpre ou indigo, m'a plus suprise que charmée
par son excès de splendeur. Le regard se repose
de cette surabondance d'ornements, s'arrêtant
sur de précieuses reliques, la table de la Cène et
l'autel où S. Pierre disait la messe aux catacombes.

Enfin, le cloître, sa dentelle de pierre, ses fines
colonnettes, son antique puits que l'on dit celui de
la Samaritaine, et sa large pierre noire enchâssée
dans le mur et sur laquelle fut jouée la robe de
Notre-Seigneur. Souvenirs chrétiens imprégnés de
mélancolie, galeries d'un travail aussi délicat que
religieux, plantes sauvages et touffues ombrageant et
voilant les ruines et les bas-reliefs, forment ici le
tableau le plus mystique et le plus attachant qu'un
artiste puisse rêver.

St-Charles et quelques autres belles églises (où en
trouver qui ne le soient pas à Rome), et nous rentrons dès notre premier jour d'excursion lassés,
mais impatients de repartir dès le lendemain matin.
Les souvenirs de la dernière heure sont devenus
trop confus pour qu'il m'ait été possible de les anno-
ter. Ce n'était plus qu'une traînée de lumière sur des
formes indécises et perdues dans un brillant pêle-
mêle, le charme seul était resté.

Le lendemain, visite du Colysée, ce géant de l'architecture antique. Quelle serait la désolation de
ruines aussi immenses si elles ne se trouvaient dans
la plus animée des grandes cités méridionales et
sous un azur si clair et si heureux ! Le passé revient

facilement dans ces lieux, l'imagination y repeuple
bientôt l'espace désert. Le cicerone, lui-même, su-
bissant le charme de l'entraînement, n'a pas le ton
monotone, le débit routinier habituel aux gens de
profession. Il nous parle du combat naval sur l'immense nappe d'eau et s'étendant soudain sur l'arène
comme s'il y avait lui-même assisté, nous décrit
chaque détail de cette fête étrange et somptueuse où
la réalité remplaçait l'illusion et le vide du décor, la
tromperie de nos scènes modernes.

Nous suivons du regard le passage souterrain des
bêtes fauves, que trois jours sans nourriture avaient
affamées ; voici l'arrivée de César, le salut du Gladiateur, la foule entrant avec un bruit d'ouragan par
les innombrables portes, la plus âgée des vestales
apportée dans sa litière plus puissante et plus fière
qu'aucune reine de nos jours, le déploiement semblable au gréement d'un navire, de toiles immenses
élevées au dessus de l'amphithéâtre quand le solei
voulait régner là où l'homme se croyait le seul maître. Enfin, tout ce spectacle, ce mouvement, ces
fureurs, ces joies grandioses et horribles semblaient
reparaître devant nos yeux. Jamais notre enfance
n'a été bercée de contes féériques, de récits de ma-
giciens plus étonnants, toutes les hardiesses, tous
les jeux de l'imagination sont atteints et surpassés.

Tous ces souvenirs sont admirablement rappelés
dans l'œuvre charmante et érudite de Monseigneur
Gerbet, « *Rome Chrétienne.* » Puis viennent les émo-
tions pieuses et douces dans la prison des premiers
martyrs, coin misérable, bouge humide où l'on en-
tassait pêle-mêle ces héros de l'antiquité et de l'E-
glise, patriciens, enfants, jeunes filles et soldats.

C'est là qu'ils attendaient l'heure du dernier supplice avec le calme et la sérénité des grandes âmes. J'aurais voulu me prosterner, baiser ce sol qui les avait portés et où nul ne s'arrête depuis, le gîte est trop triste et trop sombre quand il n'est pas l'antichambre du paradis.

Cose e d'altre, un petit chien, suivi par des enfants égarés dans ces ruines vint gambader sous nos pas et nous faire trébucher, le guide, d'une voix criarde et pleine de reproches, apostrophie les vagabonds ; il fallut s'éloigner et porter ailleurs méditations et recueillement.

La promenade est dangereuse, on a fait des fouilles nombreuses et profondes dans cette célèbre enceinte ; des restes d'anciens travaux militaires, le fond d'anciens réservoirs ont des rebords d'herbe glissante, une chute serait mortelle. Effrayée, je rappelle ma fille, imprudente comme on l'est à son âge et qui s'en approche trop. Nous repartons laissant à gauche de l'entrée du Colysée l'arc de Constantin, le plus chargé de bas-reliefs de tous ceux qui furent élevés à la gloire des empereurs romains, et en face des souvenirs de Néron toujours détestés après tant de siècles, sa maison d'or où il s'était fait élever une statue de quarante mètres de hauteur et s'adorait lui-même sous la représentation du soleil. A ces réminiscences, on est hanté par la pensée de la chute éternelle de cet ignoble orgueil, de sa grimace furieuse et immobilisée à jamais !

De là, visite aux Thermes de Caracalla, dont les murs nous étonnent autant que ceux du Colysée. Au lieu d'être circulaires, ils sont droits, mais si hauts. si épais. Une vraie demeure de Titans. Comment des

hommes de notre stature bâtissonnent-ils pour eux-
mêmes dans de semblables proportions ? Ces bains
étaient leurs cercles et leurs rendez-vous de chaque
jour. A cette époque, l'humanité élevait à chaque
pas des temples à ses plaisirs et s'idolâtrait dans le
plus monstrueux égoïsme. Dieu a pulvérisé tous ces
hommes et toutes ces choses. Les mots de folie et de
néant semblent écrits partout. De toutes ces eaux
magnifiques si savamment, si constamment ame-
nées et recueillies dans de somptueuses piscines,
que reste t-il? des terrains stagnants, détrempés et
qui donnent la fièvre au pauvre voyageur d'aujour-
d'hui. Tous ces lieux antiques sont, du reste, bien
peu hospitaliers. Après les souterrains du Colysée,
les pierres dégringolantes. On fauche sur la largeur
des murailles et il en résulte la chute de fragments
de granit semblable au roc des avalanches alpestres.
Fuyons ce nouveau danger et les siècles passés.
Leur contemplation nous rend moins fiers de
ce progrès dont nous nous prévalons sans cesse
et qui sert à excuser tant de choses.

Le lendemain étant un dimanche, nous consacrons
la journée à la visite des églsies après l'audition des
offices. Nous exposant bravement à la mal'aria, nous
allons à St Paul, hors les murs, espérant du reste,
échapper au fléau par une exacte obéissance aux
prescriptions d'un célèbre professeur de la faculté
de Montpellter : « Usage journalier de vin de quin-
quina, bon régime, nul repos en plein air, retour au
chez soi avant le coucher du soleil. »

Il pleut un peu, juste assez pour détremper le sol,
ce qui est très malsain à Rome, surtout dans le fau-
bourg Transtévérin. Mais on dit cette basilique si

admirable, il nous tarde tant d'y arriver, que cette
préoccupation ne nous arrête pas. Le premier intérêt de cette course en tramway découvert, c'est la
vue d'un quartier d'aspect inconnu et nouveau. En
pays étranger, cela n'est pas à dédaigner. Après le
Ghetto, où ces juifs à figure hardie, presque diaboli-
que et à vous faire redouter l'approche de la nuit
dans ces parages, on arrive dans les carrefours,
des rues, des places de banlieue que remplis-
sent des ouvriers nullement endimanchés, mal
tenus et dont le principal plaisir semble l'oisiveté.
Cette plèbe est d'un aspect triste et repoussant. L'a-
vantage de la comparaison est à nos classes inférieu-
res, où le jour du repos indique si bien dans sa
gaieté le lendemain du travail.

Après une course d'environ une demi-heure dans
la campagne monotone et déserte, sans fermes ni
laboureurs, une surprise nous attend.

La façade principale étant en réparation, on entre
dans un bâtiment inégal et bas pour se trouver dans
un temple immense, un monde de marbre d'Athènes
et d'Egypte, colonnes et parvis se reflétant les uns
dans les autres. Une lueur douce, celle de vitraux de
couleur comme dans nos cathédrales gothiques, y
répand une atmosphère rêveuse et ajoute le charme
du mystère à ces nefs silencieuses et imposantes.
Quatre cents mosaïques représentant l'auguste
lignée des papes depuis Saint-Pierre ressortent en
couleurs vives sur ces murs. On dirait des pierres
précieuses sur un écrin d'ivoire.

Le bénitier m'a particulièrement frappée. Au
dessus d'une coupe élégante et de belles proportions,
les armes de la papauté, la tiare, la triple croix en

bronze doré, véritable bijou d'orfèvrerie artistique, digne des plus beaux étalages de Barbedienne.

Le même jour, visite également à St-Pierre-ès-liens, où se trouve le célèbre Moïse de Michel-Ange. Comment a-t-on pu donner un pareil regard à des yeux de marbre? Et les veines saillantes de la main, le mouvement des muscles, tout impressionne, même chez les profanes, dans cette œuvre étonnante. Elle est en marbre poli et brillant, ce qui lui donne moins de poésie et de moëlleux, mais plus de force et d'accent qu'à toutes celles que nous avons admirées précédemment.

La messe de Léon XIII à Saint-Pierre

N penseur, Madame de Staël, a dit dans Corinne :

« En Italie, l'air comme l'âme occupe les confins
du ciel et de la terre. »

Je ne crois pas que l'application d'aucune idée
puisse être aussi complète et saisissante que ne l'est
celle-ci à l'entrée du St-Père sous ses voûtes immenses et toujours calmes, quelque foule qu'elles abri-
tent. Vraiment, ce n'est plus le monde connu, espace, lumière, sentiments de l'âme, impressions du
peuple, tout y est d'un aspect aussi nouveau que
merveilleux. La lueur dorée, faible et mystique des
lampes de la confession, illumination éternelle traversant le soir et le midi en ces lieux, les rayons du
soleil italien tombant perpendiculaires et ardents
par les verrières blanches, une foule d'abord dis-
traite, nonchalante et qui s'anime soudain en voyant
arriver son roi, lui jetant des vivats aussi tendres
qu'enthousiastes, des chœurs partis au même moment des tribunes et qui semblent descendre des
nuages, tout cela est d'une étraugeté, d'une grandeur qui vous enlève de terre. On voit venir le saint
Vieillard, et derrière la glace épaisse et étroite d'une
chaise à porteurs se dessinent, comme un camée,
son pâle profil, ses cheveux, ses vêtements de même
blancheur. On dirait une ombre, un reflet de l'autre

vie glissant à travers ces immenses et solides piliers,
et c'est une force morale que la malice et la
fausseté des hommes est impuissante à réprimer,
d'une extrémité du monde à l'autre, et qui fait tres-
saillir la conscience des plus grands parmi les
rois et des plus ignorants parmi les sauvages.

Jusqu'à quatre heures de l'après-midi (on était
dans la basilique depuis huit heures du matin), le
pèlerinage défila devant Léon XIII, ils étaient
dix mille, et chacun voulait une parole, un re
gard, une bénédiction. Comment ses forces ont-elles
pu y suffire !

A une heure seulement, les Napolitains commen-
çaient à effectuer leur retour par la grande nef. Il
était curieux d'observer leur démarche balançante,
leur insouciance des heures qui s'écoulaient comme
s'ils eussent été étendus sous leurs bosquets de myrthes ou d'orangers. Là, un couple de nouveaux ma-
riés, peut-être de fiancés, se donnant le bras. Ici un
pasteur arrivant seul avec son surplis et sans s'oc-
cuper de ses ouailles qui le suivent de loin à la dé-
bandade et sans le moindre ordre processionnel.
Tantôt trois ou quatre congréganistes, tantôt une
bannière, des groupes disjoints et causeurs marchant
en zigzags et décrivant des arabesques, mais les
yeux pleins de sérénité et de contentement. Quand
sera-ce fini ? *Chi lo sa* ? se répondent-ils les uns
aux autres avec le même tranquille sourire. Les
heures de repas sont passées inaperçues. Du reste ce
sont de petits mangeurs. Lamartine dit qu'ils se
nourrissent de soleil. Je le croirais volontiers. De
tous les biens de ce monde, le *farniente* est évidemment celui qu'ils apprécient le plus. Sur les étroits

trottoirs du Corso, on voit la jeunesse dorée s'arrêter en barrant le passage aux nombreux promeneurs et deviser de ses affaires et de ses plaisirs,
comme dans un salon, alors que la bousculade est
incessante et que la tête des plus fringants coursiers
touchent l'épaule de ces indolents sans qu'ils pren-
nent la peine de se retourner. Il y a des grâces d'É-
tat, sans cela ils seraient cent fois au moment d'être
écrasés et obligés de se souvenir qu'une rue pleine
de landaus et d'allants et venants n'est pas préci-
sément un lieu de conversation aussi paisible que
les canapés des villas.

Mardi, retour vers l'antiquité et ascension du
Campidoglio. Il y a là un superbe musée que nous
parcourons avec le plus vif intérêt. Seulement, sans
mériter le moindre reproche de pruderie, il faut
baisser les yeux à chaque instant. Ce sont vraiment
des rigueurs décourageantes que l'art nous fait
subir, ces continuelles rencontres avec des choses si
peu agréables à voir et interrompant la chaîne des
plus séduisantes merveilles. Nos yeux se reposent
sur de ravissants petits athéniens. Nulle part statues d'enfants plus gracieux qu'ici. Quoique notre
course rappelle celle d'une locomotive de train
express nous nous arrêtons en longue station en
face du « gladiateur mourant » marbre célèbre et à
juste titre. C'est si grand, si triste et si vrai, cet
homme si vigoureux entré plein de vie dans l'arène
et qui regarde le front penché l'arme qui l'a tué. Il
va mourir, il s'affaisse, mais il n'est pas vaincu. Sa
force, son courage, c'est lui-même ; ils ne pourront
s'éteindre qu'ensemble. Sa main, son bras, si tendus
et si nerveux sur lesquels il s'appuie, font songer à

la chute d'un de ces grands chênes qui terrifie les bûcherons d'alentour.

En sortant nous demandons la roche Tarpéïenne. Impossible de rien voir qui la fît pressentir au bout du fouet indicateur et obligeant de notre cocher. Des toits, un pêle-mêle de maisons faubouriennes, et voilà tout ce que nous avons aperçu dans cette célèbre direction. Un savant, M. Boucher de Perthes, déclarait en 1855 s'être égaré à la recherche de ce souvenir jusqu'au milieu d'une filature dont les ouvrières lui rirent au nez à ses questions sur le fatal sommet. Avons-nous le droit d'être plus exigeants ?

Le Parlement Italien

SANS être des Anglais résolus à tout voir, nous profitons d'une permission pour visiter la Chambre des députés. Tout ce qui aide à pénétrer dans l'esprit d'une nation étrangère a un charme spécial. Notre première impression ici a été le mauvais goût de la salle des séances. Une peinture uniformément blanche et bleue lui donne l'apparence d'un pensionnat de jeunes filles le jour d'une distribution de prix. Cela fait paraître bien lointainement relégués dans les ombres du passé les jours de comices et de forums romains, et oublier la chaîne d'or de l'éloquence attachée encore en Italie aux masques de pierre de l'antiquité.

Les tribus modernes de cette contrée ne quittent pas leurs sièges pour discourir et ne s'approchent du fauteuil présidentiel que pour voter. En revanche, si la discussion ne paraît pas revêtir chez eux un grand caractère de gravité, ces messieurs sont évidemment des érudits ou des gens en bonne voie de le devenir, si on en juge d'après la richesse de leur bibliothèque. Les traductions de tous les traités de législation soit ancienne soit moderne, s'y trouvent réunies ainsi que toutes les revues de jurisprudence anglaise et française, les comptes rendus du Reichstag, de notre Corps législatif, etc., etc. Dans une des salles principales se trouvent les portraits des hommes d'Etat et orateurs célèbres des temps modernes sans distinction de nationalité, Mirabeau, Pitt, Bismarck, etc., cette absence de chauvinisme m'a paru très remarquable.

Tout est consacré à l'étude dans ces galeries poudreuses et sans luxe, mais riches en rares et précieux ouvrages. Des autographes d'une grande valeur sont placés avec soin dans des vitrines bien éclairées. On y voit celles de l'Arioste et du Tasse.

Quant à la question de confort, elle est exclue de ces lieux. Il est risible de voir au pied des in-folios, des bougeoirs de fer blanc dans le goût de nos fermes ou de nos cuisines, et au plafond des lampes enfumées et de l'apparence des luminaires des classes de septième.

Honneur à ces savants dédaigneux de tout ce qui est étranger à leurs chères études !

En sortant de là, nous nous dirigeons vers le Vatican. Au tournant d'une rue à l'entrée d'un carrefour, dans la pénombre des grands murs et des voies étroites, un portail d'un travail admirable des pierres délicatement fouillées et d'un ensemble de proportions parfaites. Aucun guide Bradshand ou Joanne ne le mentionne, je doute que ce soit l'entrée d'une maison riche. Des plantes communes croissaient dans des vases de terre au sommet. Mais quelle étude charmante, quelle pochade pour un crayon d'artiste cette pierre grise ciselée comme un bijou, ces fleurs, l'ombre resserrée de ce petit coin de la Ville Eternelle, joyau ignoré et perdu parmi tant d'autres.

Et maintenant nous traversons l'immense et haute galerie peuplée des soldats de l'Eglise de ceux dont Michel Ange fut le costumier et choisit les couleurs.

C'était au temps où les plus grands hommes de la terre passaient là en courbant leurs fronts glorieux et soumis ; que dire de ce palais des palais, de cette histoire du monde gravée dans la pierre et sur tous les murs. A la cour de la papauté, toutes les époques se retrouvent et se confondent. Tout ce que l'esprit a conçu de grand et d'admirable dans tous les siècles est réuni ici. Les statues : Dans une retonde spéciale et réservée, le Laocoon si effrayant et vous fascinant dans son horreur. — Plus loin la Vénus de Phidias, dont on ne peut se lasser d'admirer les poignets délicats, les bras jeunes et flexibles, le cou si gracieusement attaché à de si jeunes épaules. Puis le galbe, le profil, le sourire exquis de la Melpomène, beauté des jours antiques, femme choisie entre mille pour représenter la Muse et dont le sculpteur fit un marbre éternel.

Après la statuaire, les mosaïques, l'atelier de la peinture en pierre. Les dons royaux de la papauté livrés après des années de travail aux divers souverains. Là le fac-simile d'un médaillon commémoratif du jubilé de la reine Victoria. Sur un chevalet de fonte une exquise madone destinée à la cour d'Espagne, et toujours une pensée délicate, courtoise et bonne de la part du pontife dirigeant l'ensemble et le détail de son offrande. Ces parcelles de pierres si petites et finement colorées et réunies dans des alvéoles de mastic donnent l'illusion du pinceau avec quelque chose de plus vif et de plus pénétrant.

Mais la douceur, le moelleux, le velouté des tons dans la peinture où les trouver dans leur perfection, leur idéal enchanteur comme dans les traces originales du pinceau de Raphaël ? Les loges proprement dites furent l'œuvre de ses élèves sous sa direction, scènes bibliques et du nouveau testament.

Les dessus de portes sont les inspirations calmes et simples du maître. Une branche d'arbre, des oiseaux, beaucoup de ce ciel où habitait toujours sa pensée, voilà tout ; mais en fallait-il davantage à celui dont les secrets de coloris semblent avoir été empruntés aux esprits de l'air ? Ne reconnaît-on pas là dans leur perfection et leur vaporeux inimitable, « les tons gris bleu, l'exécution carressée » dont par le un de ses historiens.

Il y a vraiment un charme infini à contempler cette œuvre toute personnelle, cette inspiration fugitive et sans étude. Alors il s'isolait des cinquante peintres formant son état-major. Ce jeune prince de l'art traversant journellement avec sa suite la place de Saint-Pierre pour se rendre au Vatican.

Cette vie fut fauchée dans sa fleur, la mission de ce talent sans rival était finie ; il disparut de ce monde sans avoir descendu un seul degré des hauteurs auxquelles il était parvenu. On a dit de lui après le Tableau de la Transfiguration : « Il n'eut pu se surpasser lui-même et ce fut sa dernière œuvre. »

Il est difficile pour un profane de l'art de s'étendre avec autant de complaisance et d'enthousiasme sur l'immense et étrange fresque de la chapelle Sixtine.

Au dessus d'un autel revêtu d'écaille et de nacre comme un coffret à bijoux se déroule le sinistre tableau de la fin du monde, plein d'un réalisme tout

religieux, mais qui ne laisse pas sans regret pour
l'absence d'idéal. Un critique a dit : « Un esprit
vulgaire verra cette œuvre lui échapper absolu-
ment. » J'ai donc le regret de constater que j'appar-
tiens à cette catégorie. Mais il ajoute plus loin :
«Masse informe de corps nus, un pêle-mêle admirable,
mais fort difficile à comprendre. » (Je le crois bien !)
et, à ce souvenir, je me pardonne d'avoir trouvé au
milieu de ce tableau une vague ressemblance avec
un plat de macaroni. Ces hommes des derniers
jours ne paraissent pas avoir beaucoup séché dans
l'attente des catastrophes, et la vigueur de leurs
biceps semble tout à fait contradictoire avec l'état
où l'imagination se les représenterait. Et à l'effe
sombre et effrayant de l'ensemble, on a singulière-
ment sacrifié les élus qui n'ont guère meilleure
mine que les réprouvés. Parmi ceux-ci il est certain
qu'il y a des prodiges d'expression. La pose de l'un
d'eux assis sur un roc éboulé, les mains pendantes
est la personnification absolue du désespoir à l'heure
du réveil ; un autre soulève la pierre de son tombeau en entendant la trompette du jugement, et
semble lutter avec l'ombre pesante qu'il avait crue
éternelle.

Tout au fond du tableau la barque mythologique
emportant les âmes perdues à travers des vapeurs
soufrées ; ce souvenir du paganisme m'a semblé
déplacé. Le voile de vétusté qui recouvre
cette immense composition ajoute à son étrangeté.

On a dit de Michel-Ange qu'il avait la foi et la
mélancolie d'un prophète. Je ne connais rien de
touchant comme ses dernières pensées reproduites
dans un sonnet religieux qu'il écrivit dans sa

80ᵉ année et qui ont été conservées dans une traduction anglaise de William Hazlits. On voit avec quelle force de vrai croyant il contemplait la vie future :

> « Onde la mia tenace fantasia
> Che l'arte si fece idolo e monarca.
> Or conosce quant'erra d'erroi carca
> Chè errore è cio che l'nom quaggin desia
>
> . . . . , . . , ...
>
> . . . . , ...
>
> Ne pinger, ne scolpîr fia ptù clie acqueti
> L'amima volta a quell'amoi divina. »

« Je sais maintenant la vanité de cet art qui fut comme l'idole et le monarque de ma vie.

» Ainsi de tout ce qui a été l'objet de nos désirs terrestres.

» La peinture et la sculpture ont perdu pour moi leurs faibles charmes et mon âme se tourne uniquement vers Celui qui pour me sauver ouvrit ses deux bras sur une croix ! »

Après les tableaux, les statues, les sarcophages, les cours et les jardins, nous visitons la galerie des dons offerts par les divers souverains au trône pontifical, un vase de porphyre du même vice-roi d'Egypte y attire spécialement l'attention ; mais notre émail bleu, notre pâte tendre de Sèvres méritent les premiers suffrages parmi les chefs-d'œuvre de toutes les nations. Il y a ici de splendides candélabres offerts par Napoléon Iᵉʳ à Pie VII et les fonts baptismaux du Prince Impérial, filleul de Pie IX. Une coupe blanche et rouge envoyée par Monsieur Grévy est d'une simplicité un peu trop républicaine parmi les souvenirs adressés par nos souverains. Il est dommage que ses économies aient si peu profité à la France.

De là nous allons rendre visite à un ancien du Palais, un saint prêtre pour lequel nous avons une lettre de recommandation.

O vous qui raillez à tout hasard et qui doutez sans avoir vu en parlant du luxe des Seigneurs du Vatican, allez dans cette cellule, la visitant comme nous à l'heure de la maladie de celui qui l'habite. Le plus humble presbytère villageois n'a pas de chambre plus simple. Après avoir gravi un noble escalier, traversé les loges de Raphaël et toutes les splendeurs recueillies et conservées par l'auguste lignée des Pontifes romains, voici un un petit appartement où il n'y a que tout juste la place des solliciteurs se bien accueillis et des domestiques qui disent que les années sont des mois, les mois des jours auprès d'un si bon maître, c'est celui de Monseigneur M. Là, point de chefs d'œuvre de l'art, mais la statuette grossière aux pieds de laquelle se prononcent de si puissantes prières. Dans un coin sur une tablette de bois blanc, une cruche, une cuvette dont la faïence n'a jamais eu d'époque dans les fastes italiennes ; des fauteuils, dont le crin s'échappe et dont l'étoffe est depuis longtemps usée, voilà l'ameublement. Monseigneur ne le renouvellera pas, il ne songe qu'à ses pauvres et ses yeux brillent de joie en s'élevant vers le ciel pour appeler la bénédiction *célestiale* quand vous lui apportez une aumône pour eux. Il ne sait ni maudire, ni détester, et les hurlements de l'impiété dont il parle avec tristesse ne troublent pas plus la surface limpide de sa belle âme que les ouragans du Nord n'assombrissent les flots bleus de sa patrie.

En sortant de la cité Léonine nous avions mis dans nos projets d'aller entendre une messe chantée à St-Pierre. Mais un des serviteurs du palais entre en conversation avec nous, et ma fille, amusée par cette étude d'us et de coutumes, la prolonge indéfiment. Il est certain que cela ne manque pas d'originalité et de teinte locale. « Nous sommes sa « *famiglia* » dit-il en parlant du St-Père. »

Au mois d'août quand il n'y a plus d'étrangers à Rome à cause de la mal'aria, il nous réunit à la chapelle Pauline (*la Paolina*), il nous dit la messe et nous communie. « Je le vois souvent, » ajoutait notre interlocuteur aussi heureux que fier. « Il passe, je fais le signe de la croix, il me bénit, il est passé. »

Tout en parlant il gesticulait avec l'expression et la promptitude particulière aux gens de sa nation. Il se signait, s'agenouillait, bénissait, en un mot dédoublait sa personnalité pour peindre toute la situation. Ma fille lui fait répéter la scène ; je crains, malgré sa bonne humeur, qu'il ne s'aperçoive de la gaieté qu'il provoque, mais l'Italien continue à sourire à ses pensées et demeure inconscient de la verve gauloise de son interlocutrice.

Au-dessous des fenêtres de Léon XIII, on voit une rangée de bâtiments modestes, des lucarne ; et à la place de balcons ouvragés ou à pilastres de simples rebords de croisées qu'ornent des fleurs de mansarde. Voilà le vis-à-vis de ses appartements privés et celui au dessus duquel son regard embrasse l'horizon de la ville éternelle. C'est la demeure des anciens serviteurs, des domestiques retirés du Vatican, les plus rapprochés, les plus favorisés de ses bénédictions. De quel autre souverain pourrait-on citer une popularité aussi simple et aussi ignorée ?

A quelques jours de là, une bonne chance nous conduit à St-Pierre alors que les célèbres choristes romains sont réunis dans la chapelle des Chanoines. C'est la fête des quatre évangélistes. Après avoir vu défiler une procession des différents degrés du Canonicat romain, des premiers membres en pelisse de fourrure blanche, les seconds de fourrure grise, et des cardinaux aux grands airs si pleins d'urbanité et de noblesse, nous assistons à cette messe chantée par les plus magnifiques voix de l'Italie, l'élite de celles dont Mme de Staël disait : « Elles ont cette noblesse et cette douceur qui rappelle le parfum des fleurs et la pureté du ciel. » A leur sujet elle répète un épisode de la « *Divine comédie* » où le Dante dit avoir rencontré au Purgatoire un des meilleurs chanteurs de son temps et lui avoir demandé un de ses airs délicieux. « Alors les âmes ravies s'oublient en l'écoutant jusqu'à ce que leur gardien les rappelle. »

La commentatrice du poète ajoute : « Ce qu'on a dit de la grâce divine qui tout à coup transforme les cœurs peut, humainement parlant, s'appliquer à la mélodie, et parmi les pressentiments de la vie à venir ceux qui naissent de la musique ne sont point à dédaigner. »

Nous sommes sortis d'autant plus charmés que nous n'avions encore entendu dans les églises de Rome que le chant monotone des litanies italiennes à l'heure de l'*Ave Maria*. Là, point d'art, rien de

varié, un ton de cantilène sans autre attrait que celui
de la voix des oiseaux dans la limpidité de leurs
notes inapprises.

Le Panthéon. Quelles murailles ! Six mètres et
demi d'épaisseur, on se croirait dans une grotte.
Malgré la quantité de frontons, d'aréhitraves et
d'entablements que nous admirons depuis huit jours,
notre intérêt se réveille tout entier vis-à-vis de ce monument sombre et altier qui semble défier les siècles.
Avec un peu d'imagination on peut, étant arrivé là, se
figurer être un sujet de César, un ancien de la Cité
impériale.

A l'intérieur, cette illusion est moins facile. Voic
le tombeau si religieux de Raphaël. Avant de mourir, il recommanda à un de ses élèves préférés, Lo-
renzetto, de remplacer sa main quand elle serait
refroidie et de peindre pour la placer au-dessus de
sa dernière demeure la chère Madone à qui il
avait dû ses plus glorieuses inspirations. On y prie
tellement, les fleurs et les cierges y sont si souvent renouvelés, que c'est presque ici un pèlerinage.

Les « Ciceroni » du Panthéon sont très fiers de
l'ouverture assez large et sans vitres qui seule laisse
entrer la lumière du jour au sommet de l'édifice
comme au temps d'Agrippa. Cette particularité
peut être fort attrayante pour les archéologues, mais
elle a moins de charme pour ceux qui se conten-
tent de redouter la pluie et les inconvénients
atmosphériques d'une habitation à la belle
étoile.

Les palais Barberini et Borghese. Dans l'un, j'ai
longuement admiré la Madeleine du Pomeraucio.
L'attitude pleine de noblesse de la grande péni-

tente, l'expression si simple et si profonde de ses
regrets rendent cette peinture bien supérieure à
toutes celles qui ont reproduit ce sujet.

A l'extrémité des salles du palais Barberini, un
petit salon en rotonde avec un escalier à double
rampe dorée conduisant à une large croisée qui
s'ouvre sur le Tibre et un de ses principaux faubourgs. Recoin de demeure princière où il est char-
mont de se retirer et de rêver à d'autre temps. Sous
ces trumeaux, ces pendatifs aux dorures brunies
par les siècles, l'imagination se joue des époques et
vous ramène aux jours fastueux où des bals et
des fêtes réunissaient là les seigneurs d'autrefois.

Les hauts personnages de ces jours-là savaient
s'entourer d'espace, de lumière, de soleil et de
grands horizons. L'admirable position de la villa
Aldobrandini à Frascati en fait foi.

A trois quarts d'heure de Rome par la voie ferrée.

C'est un but d'excursion pour les négociants en
congé, les faubouriens ayant choisi un dimanche
pour y aller, nous avons voyagé en compagnie d'une
famille d'Italiens. On ferme les vitres du wagon en
traversant Ciampino, pays désolé et ravagé par les
fièvres pernicieuses, puis on longe les ruines grandioses de l'acqueduc de Néron, coupées çà et là, mais
toujours debout, et dont les arceaux se poursui-
vent pendant presque toute la durée du trajet du
train. L'aspect change ; après la pierre noircie par
les siècles, le marécage désert, la jolie petite ville
Sabine avec ses terrassses chargées de palmiers et de
lataniers, ses murailles tapissées de roses sauvages.
Un souvenir historique : les Sabines enlevées par
les Romains, l es archives matrimoniales de la

grande cité que ce coin fleuri, a repeuplée. Nous avançons, une véritable orgie de parfums et de végétations aux mille teintes. Cicéron et Caton avaient bon goût, en choisissant comme séjour habituel ces aimables régions, d'après les chroniqueurs du temps.

Des routes ondulées, des escaliers de pierre, des rues tortueuses, des chemins abruptes et nous gagnons la Villa Aldobrandini, la reine de ces habitations seigneuriales. Fièrement campée sur le point le plus élevé de la colline, elle émerge haute et blanche des bosquets et des jardins qui forment comme la traîne de son manteau de cour. En face de la porte principale s'ouvrant derrière la maison une cascade artificielle inonde de sa nappe paisible et mesurée l'escalier de pierre qui semble revêtu de cristal et dont le sommet se perd avec celui de la colline.

Les propriétaires étant absents, on peut visiter la villa. Une femme de chambre érudite nous explique les peintures murales de la salle à manger, scènes de mythologie et d'histoire avec le même accent convaincu que si elle eût été la contemporaine et la « payse » de tous ces héros.

Le confort moderne si etudié dans les contrées du nord n'est pas un point de civilisation auquel les Italiens s'attachent très vivement. Comment s'attacheraient-ils à ces détails de bien-être que la vie extérieure leur fournit si largement dans le moelleux de ses gazons, le velouté de ses tentures de feuillage, la tiédeur de son atmosphère.

Un seul grand fauteuil nous parut d'aspect hospitalier, et il était si délabré que l'étoffe qui le recouvrait avait presque entièrement disparu. Mais c'est une relique, le fauteuil d'un pape de la famille Borghese, branche aînée de celle des Aldolsandini.

Sur la façade opposée à la porte d'entrée, une large porte vitrée s'ouvre au premier sur un balcon d'où le paysage qui se découvre est d'une indicible splendeur. A gauche et tout au loin, une ligne incandescente, c'est la Méditerrannée où le soleil se mire à pleins feux, à droite les monts Sabins, leurs flancs revêtus d'une verdure épaisse, sombre, humide, défiant les ardeurs d'un ciel oriental, devant soi les sillons, la petite ville descendant par étages jusqu'aux plaines sinueuses et parsemées de ruines qui forment comme l'arène d'un amphithéâtre merveilleux, au delà Rome et ses dômes, la grande vision du passé et du christianisme. Elle semble rapprochée tant elle se détache nettement éclairée dans cette grande distance. La transparence d'un air qu'aucune ombre ni brume ne vient interrompre produit souvent cette illusion sur la péninsule.

Dans le bar où nous sommes entrés pour attendre le départ du train et parmi les gens égayés par la fête de ce jour-là au-dessus même du comptoir et de ces tables d'estaminet, une petite statue de la Madone, une modeste lampe brûlant en plein jour à ses pieds. Au milieu de ce cliquetis de verres et de bouteilles, c'était un contraste touchant et bien typique de cette foi italienne simple et robuste s'alliant aux plaisir comme aux devoirs. A coup sûr ils ne sont pas très austères ni très recueillis ; mais il est certain qu'ils apportent tous l'encens et la poésie de leur nature à qui de droit.

Ce sont des gens calomniés, la faute en est peut-être parmi nous à nos astucieuses reines Catherine et Marie de Médicis. Pourquoi les appeler obséquieux parce que le sourire et la politesse sont faciles et naturels à leur nature ?

Il est vrai que les prédicateurs avant de commencer leurs sermons saluent l'assistance en soulevant leur barrette, que les gens vous invitant chez eux emploient cette aimable formule: « Faites-moi la grâce. » Tout cela n'a rien de machiavélique. On les dit faux, traîtres, on parle beaucoup de leur stylet. Je crois que la promptitude avec laquelle ils s'en servent vient de la soudaineté de leurs impressions. La transition de la mauvaise humeur et de la morosité à la colère n'existe pas pour eux. Ils ne repoussent l'offense ou ne l'aperçoivent que lorsqu'elle leur paraît intolérable. C'est la révolte de l'enfant rageur, le coup de griffe de l'angora dont les ronrons ont été troublés. Comment d'ailleurs juger une nation d'après ces exilés volontaires qu'aucune loi ne proscrit, mais qui ne sont pas habituellement les types les plus aimables ? Pour bien l'apprécier, il faut avoir vécu sous son ciel et rompu le pain avec ses habitants.

Avant de quitter Rome, nous jetons nos derniers regards sur des ruines et nous visitons le palais de César. Comme au Colysée, aux thermes de Caracalla, on est envahi par le sentiment de l'immensité de ces lieux. Une végétation puissante interrompt à chaque instant la chaîne de murailles, de parapets, de ponts et d'escaliers ruinés de la cité des empereurs. Car c'était une cité dans une autre cité. Chaque génération y marquait sa place par une construction nouvelle, y gravait le signe de son passage. Le palmier, l'aloès au feuillage charnu, le latanier plus élégant, les rosiers hauts comme des arbres et pleins d'oiseaux, la lande déjà vieille sur les ruines du temps n'ont pu effacer les traces du passé.

D'un sommet couvert de folle avoine, dont j'ai arraché quelques tiges en souvenir de ces lieux, on nous indique la tour d'où Néron regardait brûler Rome. Il nous semblait y voir son fantôme effrayant, tant la place était apparente et bien choisie pour la délectation et le spectacle de son crime. J'avais hâte de redescendre, le cadre du passé s'assombrissait autour de cette affreuse image, le soir arrivait, un frisson semblait traverser l'air, je regardais les gardiens armés jusqu'aux dents et dispersés parmi ces labyrinthes silencieux et sans échos, me disant que ce serait ici une dangereuse et sinistre retraite pour celui qui voudrait s'y attarder, grisé par la poésie d'une belle nuit.

Visite à Naples

Nous continuons notre course voyageuse, en la prolongeant vers l'Italie Méridionale. Au sortir de Rome, la campagne conserve longtemps un aspect mélancolique et uniforme, puis le paysage devient de plus en plus sévère. Les Apennins sont ici les avant-coureurs des Abruzzes, la tristesse, la solitude, le délaissement de ces lieux donneraient le spleen ailleurs que sous un ciel aussi clair. Des montagnes droites, sombres, menaçantes, çà et là un pic neigeux découvrant son roc strié de glace, voilà tout ce que nous apercevons d'une station à l'autre. A l'arrêt du train, une pauvre maison aux fenêtres de laquelle se penchent une troupe d'enfants hardis et déguenillés. Quelle différence entre nos plus modestes stations de France où des gens bien vêtus et d'apparence aisée viennent agiter des signaux ou fermer les barrières. Là le travail, l'ordre, la sécurité ; ici, le sol désert, le vagabond social et accepté, la misère insouciante et inféodée à ses haillons.

Pas une demeure aristocratique ou élégante. De loin en loin, plus rares et moins majestueuses qu'auprès de Rome, des ruines qui furent peut-être habitées jadis par des gens respectables. A moins que les chouettes et les hiboux n'aient ici des habitudes de villégiature, les visites de château doivent être peu communes dans ces parages.

Assoupie par cette nature sombre et désolée agitée par le rêve, compagnon ardent des heures de cré- puscule, j'éprouve un sentiment de crainte en voyant entrer et se jeter les bras croisés et l'air sombre, dans un coin du wagon, un beau type de brigand qu'eut dépeint un romancier d'autrefois. Ce profil d'ancien licteur, cette chevelure longue et épaisse- ment bouclée, ces immenses bottes de montagnard et surtout le regard qu'il nous adressait, offraient un ensemble des moins rassurants. C'était un peu avant l'épisode Arriglio, les quinze jours passés par l'infortuné banquier au fond d'un puits avec une maigre ration de pain et de fromage, les menaces de mort par lesquelles une grosse somme d'argent fut arrachée à sa famille. Je n'en fus pas moins aise de ne pas m'être trouvée seule voyageuse, dans le wa- gon, à l'arrivée de cet homme. Il ne fit que quelques kilomètres avec nous. Il parut trouver que nous étions trop nombreux pour être intéressants.

Un petit étudiant, revenant de Florence à Capoue, sa ville natale, monte bientôt le remplacer. Léger comme un chevreuil des noires montagnes que nous traversons, il s'est élancé sur le marche-pied du wagon pendant la marche du train, tenant dans un éclatant foulard bien noué tout son bibelot d'une main, tandis que de l'autre il ouvre la portière. Sa bonne et franche figure dissipe nos dernières im- pressions. Il est heureux de regagner son foyer, adresse de retentissants baisers aux camarades qui viennent l'accueillir et nous quitte en nous souhai- tant le *buon viaggio* dont il est la personnification.

Une montagne plus large, plus élevée que les au- tres avec une lueur rouge comme un feu de forge à son sommet. C'est le Vésuve.

Arrivés à Naples, à son autre versant plus de flammes. Un gros nuage s'appesantit sur le cratère et donne au célèbre volcan l'aspect d'une vulgaire montagne de l'Auvergne ou des Cévennes. Comme sur le chemin de la Corniche, nous trouvons la pluie, *Patienza !* il n'existe pas de printemps éternel même en Italie.

A travers un léger voile de brume, nous suivons la merveilleuse promenade de la *Chiaja* éclairée au gaz par de hauts réverbères et longeant la Méditerrannée. Interminable et grandiose, l'immense chaussée s'étale vis à vis des rochers bleuâtres de l'Ile de Capri, se découpant fantastiquement dans l'ombre du soir comme les murailles d'une forteresse de porphyre et d'albâtre. Au second et au troisième plan, Isbia, Procida, derniers et lointains décors de cette féerie nocturne.

Trois quarts d'heure pour se rendre de la gare à l'hôtel. Naples est, dit-on, la troisième ville du monde quant à l'étendue. La quantité de maisons, villas, de bâtiments de tous genre, prisons ou châteaux se déployant sur toute la profondeur de la baie, est vraiment prodigieuse ; sans compter les bosquets ou plutôt les fouillis d'orangers s'interposant partout. Si on les laissait faire, ils accompliraient l'œuvre de la forêt Mexicaine dans la ville de bois des contes d'Alphonse Daudet.

L'hôtel Nobile situé au-dessous du Corso Victor-Emmanuel, est en même temps au pied du funicuaire conduisant au Vomero. Un beau vestibule de marbre où se trouve un escalier digne d'un *Palazzo* (ce nom est un peu prodigué en Italie), nous accueille. Les marches sont si larges, si aisées qu'on se demande pourquoi un ascenseur se trouve là. Un petit arlequin avec son masque de velours noir se montre à nous, mannequin bizarre, offrant l'illusion d'une personne déguisée au milieu de myrthes, de lataniers, d'urnes, de coupes et de majoliques.

La couleur locale de cet étrange massif, sa bigarrure nous ont distrait de notre fatigue pendant que l'omnibus déchargeait nos bagages.

Dès le lendemain et de bonne heure, nous commençons nos courses. Mon souvenir ne retrouve ici qu'une exquisse, une ébauche de la cité elle-même, un éblouissement, relativement au paysage. On ne doit pas aller à Naples avec aussi peu de temps pour en jouir, c'est se préparer des regrets. Ces précieuses minutes du voyage, quel soin ne faut-il pas avoir pour les remémorer, elles s'enfuient si vite et cependant ce sont des paillettes d'or à retrouver dans les plaines monotones et sablonneuses de la vie ordinaire. L'église de *San Francisco di Paolo* reçoit notre première visite, c'est une réduction, une modeste copie de St-Pierre de Rome, un fac simile. J'ai trouvé le goût des Napolitains en faute. Mieux vaut un original médiocre, qu'une reproduction aussi mesquine. J'aime mieux St-Janvier, sa bijouterie de pierre, sa façade gothique, souvenir de la domination Normande.

Mais là encore, le mauvais goût me frappe dans plus d'un détail de l'intérieur de la basilique. Un bras de bois sort de la chaire en tenant un crucifix, c'est tout simplement d'un aspect sépulcral et ne réveillant aucune impression pieuse. A côté de ces représentations étranges, quelle foi naïve et ardente ! Des confessionnaux découverts, où l'on vient

s'agenouiller avec une piété de néophyte ; des gens
qui prient avec de grands gestes et avec une parfaite
indifférence pour ceux qui se trouvent autour d'eux.
Ils s'adressent à Dieu comme à un ami à qui on a
beaucoup à dire et à qui on s'abandonne avec volu-
bilité. Quant aux saints, ils sont avec eux d'une fami-
liarité qui va jusqu'à l'impolitesse d'après leurs ter-
mes le jour du miracle de St-Janvier.

J'ai vu un fac simile de la sainte Ampoule qui est
renfermée sous trois clés dont une entre les mains
du préfet de Naples, l'autre de l'archevêque, la dernière du curé de St-Janvier. Elle a la forme de toutes celles qui sont dans les catacombes Romaines au
sépulcre de chaque martyr contenant les dernières
gouttes du sang versé dans l'arène. C'est de cet usage
qu'est venue la relique recueillie dans l'amphithéâtre de Castellamare, où saint Janvier succomba
martyr dans les jeux du cirque de cette ville.

Castellamare ! pourquoi n'avons-nous pu entre-
voir ce site enchanteur, chemin de Pompéi qu'à travers la baie ? Depuis le lac Léman, vu des hauteurs
de Lausanne un soir d'automne, un rayon de soleil
couchant éclairant encore ses ondes bleues et silencieuses, je n'ai jamais pressenti la transparence, la
limpidité, les effets merveilleux produits, par ce fir-
mament liquide baignant des rives Elyséennes et
éclairé par un ciel tropical. Comme grandeur,
comme poésie, les paysages Alpestres sont dépassés.

En sortant de St-Janvier nous reprenons notre
petit *carricolo*, notre coursier Napolitain avec son
harnais de cuivre agrémenté de grelots, de polichi-
nelles et de pierrots. Nous passons devant une si
belle et si haute galerie bordée de magasins que

nous faisons arrêter pour descendre, on dirait la
nef d'église et rien ne justifie un emploi commerci.l
et l'étalage de toutes ces devantures. Une d'elle m'a
beaucoup surprise dans ce pays marmoréen et sous
ces fiers arceaux, « Ateliers de M. Geruzet, de Bagnè-
res - de - Bigorre, Hautes - Pyrénées. » A Naples !
Honneur à nos artistes et ouvriers Français.

De là, visite au musée de Borbonne, le plus riche
en antiquités de tous ceux qui existent et aussi le
plus intéressant et le mieux disposé. Les papyrus,
les premières lois humaines gravées sur le bois et le
métal, les blocs immenses où furent taillés le taureau
Farnèse et d'autres chefs-d'œuvre ; les souvenirs de
Pompéi si bien groupés, que, vis-à-vis de son plan en
relief l'esprit peut faire revivre la cité endormie
depuis tant de siècles sous la lave, dont les chroni-
ques de ces jours parlèrent peut - être, qui devint
légende et dont le temps effaça le souvenir et la trace.

Des richesses constamment découvertes, témoignent de l'opulence du sentiment artistique de ces
peuples éteints. Où est le progrès dont se vante si
hautement notre époque ? Les rêves de nos conteurs,
Charles *Perrault*, Mme d'Aulnoy et « *tutti quanti* »
sont distancés à la vue de ces fouilles. Une lampe
d'or massif a été une des dernières merveilles retrou-
vées. Quels intérieurs que ceux de ces maisons où
sous la pluie de souffre et de feu les yeux des Pom-
péiens se fermèrent pour toujours aux splendeurs
de leur ciel et de leur cité ! Des feuilles de talc for-
maient, il est vrai, le seul vitrage des demeures
luxueuses pour lesquelles St-Gobain eut coulé ses
glaces les plus limpides, ses spécimens d'exposi-
tions, mais que sont notre confort, notre industrie,

nos recherches, auprès des conceptions et des travaux de ces jours évanouis ! Les camées ? Ils sont disposés dans un cadre de bois à jour qui fait valoir leur transparence auprès d'une fenêtre largement éclairée. Un d'entr'eux de la dimension d'une pièce de deux francs, contient un groupe de dix-huit personnes dont les attitudes, la beauté, la perfection de dessin peuvent s'apprécier à la loupe. C'est tout à la fois, un chef-d'œuvre artistique et un prodige d'adresse. Quels talents que ceux que devait produire l'antique Italie pour que l'outil dont se servit celui-ci ne l'ait pas illustré ! Il est vrai que la flamme du Vésuve balaya les noms et les archives et que la pierre et le métal demeurèrent seuls avec leur glorieuse estampille.

Un autre morceau d'onyx travaillé et de grande dimension est placé sur un pied tournant comme un télescope. Sa valeur est prodigieuse, il n'en existe qu'un autre qui lui soit comparable, il a été trouvé à Herculanum. La France le possède dans une des salles du petit Trianon et on dit que sa valeur est d'un million.

Herculanum est beaucoup plus rapproché de Naples que Pompéi, mais n'étant que très peu déblayée, cette ville n'est parcourue qu'avec des torches. Cette circonstance est réfrigérante pour l'enthousiasme des touristes craintifs. Les catacombes Romaines laissent de sinistres souvenirs. On raconte que des jeunes gens voulurent, il n'y a pas longtemps, explorer en bande le passage souterrain de saint Calixte à sainte Agnès. Ils se munirent d'un fil d'Ariane; mais sa rupture témoigna de leur malheur : ils se sont perdus pour toujours dans leur sombre excursion.

Les cris d'alarme jetés par les égarés de cette région
ne s'entendent pas d'une galerie à l'autre. C'est le
phénomène de la répercussion du son, expérimenté
par les malheureux, ensevelis sous la neige, qui
appellent vainement et sans être entendus tandis
que leur oreille recueille distinctement les conversa-
tions à l'air libre.

Revenons à la Pompéi du musée. Quelques regrets que nous ayons eu de ne pouvoir visiter sa
silhouette pétrifiée, la vue d'une photographie où
ces lieux nous ont paru plus encaissés, moins frappants commme paysage, que ceux qui nous entou-
raient, les a un peu diminué. L'imagination aime
à se la figurer blanche, étendue, éblouissante, au
milieu d'un torrent de lave refroidie.

« Je suis le seul qui soit resté de la ville enseve-
lie. »

Telle est l'inscription placée au dessus du magnifique cheval de bronze retrouvé à la porte du principal théâtre. Les paroles qu'on fait dire à ce
coursier aux naseaux ouverts et frémissants, aux
mouvements impétueux, cette image de la gloire et
de la force antique à laq uelle il appartient, ont
quelque chose qui nous saisit jusqu'à l'émotion.

Un coup d'œil rapide sur les tableaux, coup d'œil
dérobé à la course folle du temps qui nous reste à
passer à Naples. Nous n'avons pu voir les « Raphaël»
ayant tourné à droite au premier étage au lieu de
prendre la gauche du majestueux palier, où se
trouve la statue de Ferdinand Ier par Carnova. Nous
nous trouvons en face des salles « Flaninghe et Ol-
lande » la place d'honneur réservée à ces deux écoles, leur respect pour les Téniers, les Van Dick, les

Ruysdaël témoignent une fois encore de l'absence de chauvinisme chez les Italiens. Leur supériorité les abrite contre la mesquinerie. Chateaubriand a dit avec raison que la modestie est le fard de la gloire.

Au lieu de livret, on trouve ici dans chaque salle à la disposition des visiteurs de petits catalogues portatifs de la forme de glaces à main. Ils sont fort commodes et nous n'avons pas manqué de nous en servir. Soit dit en passant ces érudits des musées pourraient soigner un peu plus l'orthographe de leurs traductions. « *L'horizont* » d'un ravissant paysage. « *Bellemère* » cette tendre appellation se rapportant à une scène tragique nous a fait rire au milieu de notre admiration. L'idée d'un autre grand homme nous revient. « Du sublime au ridicule il n'y a qu'un pas. (1) »

A deux heures, nous allons à Pausillippe. Partout ici le souvenir de Graziella, un de ces premiers et suaves romans qui rafraîchissent les jeunes esprits fatigués des heures d'études et de pension. Oui, voilà bien les rochers de la Margellina ; les vignes de Lacryma-Christi, la célèbre grotte s'ouvrant tout là-haut comme un antre de géants, le tombeau de Virgile et après ces sites décrits par Lamartine le cap Misène où l'on voit flotter l'ombre gracieuse et souffrante de Corinne accordant sa lyre.

Chaque murmure de la brise, chaque pli du terrain a ici son chant et sa poésie.

Remarquez en passant le palais de la reine Jeanne, au bas de la côte et au niveau des flots. Au sommet du roc un vaste monument d'aspect égyptien.

(1) Napoléon 1er revenant à un foyer français après la retraite de Russie,

C'est un mausolée que s'est fait construire un Napolitain. Ce granit rouge se découpant sur le bleu vif
du ciel a des arrêtes aussi orientales que sa forme.
On dirait un temple de l'Inde ou de la Syrie.

La pluie recommence à étendre son voile grisâtre
sur cette scène éclatante. Sous ces continuelles
averses la Méditerrannée a perdu son calme. Elle
s'agite, roule des flots tourmentés et d'un bleu pâli.
La colère lui messied comme au visage d'une jolie
jeune fille. L'océan est grandiose dans ses fureurs,
on est fasciné, retenu sur ses bords par ses hautes
vagues, son écume, le bruit de ses tempêtes, mais
elle est le miroir du ciel et sa splendeur est dans son
immobilité.

Nous rentrons en ville. Bien mal nous en prend.
Les jours des bandits sont plus rares que jadis, mais
ceux des émeutes ne valent guère mieux. Nous
avions oublié la date du 1ᵉʳ mai et nous nous trouvons sur la place du Palazzo Reale, inconscients du
danger qui doit s'y manifester à cinq heures du
soir, au moment où s'effectue la sortie des ouvriers
de l'arsenal. Notre voiture s'arrête, la garde royale
envahit les galeries du palais, la foule augmente. On
crie « à bas Crispi, le Gouvernement et le Préfet. »
Notre cocher voulant expliquer la cause de tout ce
tumulte s'avoue « Borbonne » et énumère les quali-
tés des rois détrônés. Sur ce, un, deux, trois, vingt
napolitains s'approchent. Bientôt nous sommes en-
tourés et le point de mire de la foule dans ce coin de
la place. On essaie de se hisser sur le siège de la
voiture. Ces physionomies à reflets de volcan, ces
yeux pleins de *Jettature* n'ont rien de rassurant.
« Nous sommes des Français, celà ne vous regarde

pas » m'écriais-je, en mauvais Italien. Notre bon-
homme n'étant pas d'humeur belliqueuse, se débat,
proteste et finit par se dégager, et nous fait regagner
le quai. On voulait, paraît-il, mettre le drapeau de
l'insurrection au bout de son fouet.

Nous passons devant des prisons d'un aspect tout
moyen-âge avec leurs gros barreaux de fer, leurs
portes massives et élevées, leurs entrées humides et
sombres, plus menaçantes encore par leur cadre
d'azur et de lumière. Une incarcération eût été un
incident de voyage peu agréable et dont l'humeur
la plus aventureuse et romanesque ne se fut pas
accommodée. « *Si ammazero questa serra nella strada
di Tolède* » poursuivait notre guide en frissonnant.
Et de fait la dite strada n'offrait pas un aspect ré-
jouissant avec ses magasins fermés, notamment ses
cafés où nous comptions goûter aux célèbres glaces
napolitaines.

— Quant à la majestueuse Chiaja que l'on dit
habituellement si animée, nous n'y avons rencontré d'autres promeneurs que deux commensaux
de notre hôtel à Rome. Pas d'autre mouvement que
celui de messieurs les poissons électriques de l'A-
quarium, charmant petit palais situé au milieu de
la promenade. A tout seigneur, tout honneur, les
abitants d'ondes si magnifiques ont le droit d'être
royalement logés dans leurs cages de verre.

Nous rentrons dans notre paisible et bel hôtel nous
félicitant de sa position un peu éloignée et nous iso-
lant des troubles de la cité. Mais après avoir par-
couru sa belle salle de concert, celle des journaux,
son billard, tourné le bouton de son stéréoscope,
nous voyons briller un rayon de soleil entre deux

nuages et nous allons au Corso Victor–Emmanuel.
Il nous faut gravir les marches dégradées, traverser
des jardins en désordre où la nature est seule culti-
vatrice, répandant à pleines mains le myrthe, la rose
et le cactus et surtout la blanche fleur des jeunes
mariées.

Après un coup d'œil sur l'incomparable panorama
qu'on voudrait toujours admirer de plus haut nous
quittons le Corso pour la Via du même nom et qui
en est la prolongation. Ici pas d'émeutes, sauf celle
des mauvaises odeurs de l'égout et du ruisseau. On
sait combien sont nauséabondes ces sortes d'effluves
masquées par des parfums subtils et capiteux. Telle
est la situation grâce aux orangers dont la fleur est
ici aussi abondante que la feuille. Nous avons re-
broussé chemin, le cœur soulevé et maudissant
l'édilité de la plus poétique des capitales
exposées sans relâche à la fièvre et au choléra.

Le soir, conversation animée à l'hôtel avec les
deux uniques promeneurs de la Chiaja retrouvés ici
comme à Rome. Ce sont des propriétaires de mines
à Newcastle qui ont quitté la ville du monde la plus
enfumée pour visiter la plus ensoleillée. Ils me sem.
blent enveloppés d'une ombre grise et clignotant
comme des hiboux vis-à-vis d'une lumière trop vive
et trop subite. Ils sont cependant aimables, très
observateurs et complaisants reporters de leur course
au Vésuve. Après nous avoir montré des morceaux
de lave refroidie, ils nous expliquent d'une façon
plus imagée et plus saisissante que le langage des
savants, tout ce qu'ils ont vu et examiné.

Quelque intéressée que je fusse par le récit de
cette ascension et des merveilleux paysages qu'elle

vous découvre, j'ai tenu le cratère pour vu. Le gron-
dement du tonnerre, sous le sol, cette scène de
flammes, ces pierres incandescentes lancées si près
du lieu où l'on s'arrête m'ont paru trop effrayants
pour que je confondisse cette merveille avec celles
que je déplorais de ne pouvoir visiter avant de ren-
trer en France. C'est là sans doute que le Dante fut
allé chercher les inspirations de son Enfer, mais à la
place d'un poème épique ne devant en rapporter
qu'un cauchemar, pour mon compte cette excursion
grandiose était moins tentante.

Le lendemain, nous quittons l'hôtel de bonne
heure. Les gigantesques bottines des *Myladies*, autre
grief d'Amédée Violette, s'alignaient encore dans les
corridors, mais je fus victime avant de partir d'une
imprudence contre laquelle ma connaissance des
us et coutumes des Anglais eut dû me prémunir.
J'entends un formidable bruit de cascade ou de torrent, et croyant à une agréable surprise de paysage
j'avance bravement pour me trouver en face d'une
porte entre baillée et d'un vis-à vis de torse
qui n'était ni celui d'un Apollon, ni d'un Anti-
noüs, mais d'un maigre et mélancolique Anglais
s'ablutionnant à grands coups d'éponge. Je m'enfuis
comme la dame de Newcastle à la vue du cratère du
Vésuve.

Et nous traversons Naples à la lueur d'une splendide matinée. Un mince filet d'une fumée argentée
déroule sa spirale légère et monte du volcan au ciel
bleu. Les nuages se sont dispersés ; les omnibus, les
tramways, chars à bancs se dirigent vers Torre de
Greco et tous les sites enchanteurs qui nous entou-
rent encore et que nous allons quitter. Adieu, Na

ples, adieu. «*Vedere Napoli, e poi morire.*» Nous entre-
voyons son marché, sa foule bruyante. Toute la po-
pulation est dehors, plus de souvenirs d'émeute, la
gaieté, l'insouciance ont reparu, c'est un bourdonne-
ment qui ferait songer à une ruche s'il existait des
abeilles de toutes les couleurs et aussi paresseuses.

Après un court arrêt à Rome nous reprenons le
chemin du Nord. Devant Pise, le train s'arrête assez
longtemps et assez près de la tour penchée pour qu'on
ait le loisir de l'admirer. Serions-nous rassasiés de
merveilles ? Elle m'a paru trop large, un peu élevée
et semblable dans son extrême blancheur à une pièce
montée de sucre et de blanc d'œuf que le pâtissier
aurait oublié d'équilibrer ou dont l'impatience des
convives aurait ébranlé la base.

On dit que Son Campo-santo est le plus important
de l'Italie et une œuvre admirable, mais l'exquise
poésie de celui de Gênes suffit à mes souvenirs.

Et maintenant que l'heure du retour a sonné, il
me revient à l'esprit les paroles du chantre de l'Italie dans Milly ou la terre natale.

> J'ai vu des cieux où la nuit est sans voiles
> Dorée jusqu'au matin sous le pied des étoiles
>
> . . . .
>
> Mais mon cœur n'est pas là.
>
> . . . . , ...
>
> LAMARTINE.

« Adieu, palais, marbres étincelants, arc-en-ciel
condensé des peintures et des mosaïques, teintes
chaudes du ciel et des bois d'orangers. Voici venir
le calme, l'ombre et le silence, la verdure fraîche
et tendre de nos ravins, les grads peupliers se
balançant au bord des torrents, les fines dente-

lures de fougère, l'or brillant des genêts, enfin la splendeur paisible de nos paysages Français estompés de brumeslégères. A nous les vieilles cathédrales aux flèches grises, aux porches moussus, aux pierres sombres, mais brodées d'arabesques comme une chasuble du moyen-âge. Les légendes d'antan disaient de plus d'un de leurs clochers, que c'était œuvre d'ange accomplie pendant le sommeil du sculpteur découragé et ayant laissé tomber son ciseau. A nous les austères et féodales demeures sans fresques mythologiques, bosquets savamment taillés et cascatelles, mais où règnent encore la joie et l'hospitalité large et franche des preux chevaliers et des nobles châtelaines. Evviva la Francia! »

Je retrouve la grande route poudreuse et bordée de buissons où chaque visage que je rencontre me reconnaît et me salue, l'avenue familiale et ses grands marronniers roses. Voilà mes enfants. Ma fille, des grands yeux noirs et limpides comme ceux qu'on voit au Pincio; mon fils, mes doigts impatients glissent dans ses boucles dorées. Les grands seigneurs, les nobles dames de Paul Véronèse sont loin: J'ai fini.

RODEZ. — IMP.-LITH. E. CARRÈRE.

www.ingramcontent.com/pod-product-compliance
Lightning Source LLC
Chambersburg PA
CBHW060816180626
46818CB00002B/840